Collection folio junior

dirigée par
Jean-Olivier Héron
et Pierre Marchand

Mon ami parle aux hommes de la planète que nous habitons la langue universelle des poètes. Il s'appelle **Claude Roy**. Roi au pays des livres. Roi conteur, magicien des mots et des phrases.

Claude Roy aime les enfants. De temps en temps il se retire dans son atelier d'écriture pour leur parler.

Par une entrée secrète la sage chevêche pénètre dans la pièce silencieuse et vient se poser sur le dossier du fauteuil, la mésange bleue s'installe sur son épaule, le lapin de garenne se dresse au milieu du pouf marocain, le mulot grimpe sur le bout de sa chaussure, le chat Gricha-Macha ronronne sur ses genoux... Claude Roy écrit aux enfants, il façonne le contenu d'un nouveau livre dans sa fabrique d'écriture !

Un dimanche matin il me téléphone et me dit : « Georges mon livre est terminé, il s'appellera " Désiré Bienvenu ", je vous envoie une copie du manuscrit, vous pouvez commencer les illustrations ! »

Les éditions Gallimard ont publié l'ensemble de l'œuvre de Claude Roy. Gallimard jeunesse a publié *Enfantasques* et *Nouvelles Enfantasques, La Maison qui s'envole, C'est le bouquet, Le Chat qui parlait malgré lui, Les Animaux très sagaces.*

Georges Lemoine

La Normandie et l'Ymare de **Georges Lemoine,** le Hure-poix et mon Haut-Bout, ce n'est pas tout à fait la porte à côté. Heureusement que nous avons tous les deux notre clef des champs un peu clef des chants. Les vanneaux huppés et les étourneaux vagabonds m'apportent des nouvelles de mon ami. Il est dans les prés et les bois, il dessine avec un crayon plus léger que l'air les choses dans l'air, les herbes dans la brume, et l'air qui a l'air de rien dans les grands airs du ciel. Les mouettes qui ont remonté la Seine emportent vers Georges, en retournant vers Rouen, une de ces histoires qu'il image comme un sage afin de rendre les enfants sages comme des images (mais pas trop). Nous nous entendons, entre Ymare et Haut-Bout, à vol d'oiseau, à demi-mots, à demi-dessins, à cœur joie, à rire sous cape. Et parfois je ne sais plus, tant on est d'accord et de cœur, qui de nous deux a imaginé l'histoire et qui l'a imagée.

Claude Roy

Claude Roy

Désiré Bienvenu

Illustrations de Georges Lemoine

Gallimard

. 1 .

out le monde aimait tante Céline.

Tout le monde l'aimait tellement que tante Céline était très malheureuse.

Tous les gens qui l'aimaient voulaient faire le bonheur de tante Céline.

Sa gouvernante Marie voulait le bien de tante Céline. Quand celle-ci disait que pour le déjeuner elle aimerait bien manger une andouillette avec des lentilles, Marie disait que c'était beaucoup trop lourd et elle lui préparait un filet de sole sans sel avec des pommes vapeur sans beurre.

Lorsque tante Céline avait envie d'aller se promener au parc, sa nièce Clarisse le lui défendait parce que le temps était humide et elle l'emmenait s'ennuyer au Musée archéologique.

Lorsque tante Céline voulait aller faire des achats aux Nouvelles Galeries, ce qui l'amusait beaucoup, sa nièce Clarine décidait qu'elle allait faire les courses de sa tante afin que celle-ci ne se fatigue pas et elle la laissait à la maison avec un triste pot de tisane.

Lorsque tante Céline voulait aller prendre le thé avec son amie Mme Arnaud à la pâtisserie du Mail, sa nièce Clara décidait pour elle qu'il ne faisait pas assez beau temps pour sortir et lui apportait elle-même des gâteaux afin qu'elle prenne son thé à la maison en regardant la télévision.

C'était toujours la même chose. C'était la même chose avec le docteur Urbain, avec les voisins, les amis et les fournisseurs. Tout le monde aimait tellement tante Céline qu'elle ne pouvait jamais faire ce qui lui aurait donné du plaisir. Elle aurait aimé aller se promener dans le beau jardin de M. Petigrain, son voisin, mais, pour lui éviter la fatigue, M. et Mme Petigrain lui cueillaient des roses eux-mêmes et les lui apportaient en bouquet. Tante Céline aurait aimé aller écouter *Carmen* au Grand Théâtre. Inflexible, le docteur Urbain ne voulait pas qu'elle sorte le soir, même si quelqu'un l'accompagnait.

Tante Céline était malheureuse mais, comme tout le monde l'aimait et qu'elle était très gentille, elle n'osait rien dire et elle faisait semblant d'être heureuse. Quand on lui demandait si elle était contente, elle répondait toujours : « oui ».

Toute sa vie elle avait dit oui à tous ceux qui parlaient plus fort qu'elle.

Elle avait dit oui à son père et à sa mère qui ne plaisantaient pas. Elle aurait voulu étudier le piano et la musique. Ses parents avaient décidé qu'elle étudierait la couture et la broderie. Elle avait dit oui.

A vingt ans Céline aurait voulu épouser le fils Cassegrain, qui riait beaucoup et avait de belles moustaches. « Tu es trop jeune pour te marier », avaient dit ses parents. Elle avait dit oui. Le fils Cassegrain s'était marié avec une autre et Céline ne s'était jamais mariée.

Céline avait tellement pris l'habitude de penser *oui* qu'elle n'avait même plus besoin de dire oui : on le disait pour elle.

Cela durait depuis longtemps. Céline allait fêter ses soixante-quinze ans.

Les nièces et les neveux de tante Céline, ses amis, ses voisins, son docteur et sa gouvernante avaient décidé de faire une grande fête pour l'anniversaire de la vieille demoiselle.

– Qu'est-ce qui vous ferait envie pour votre anniversaire ? lui demandait-on.

Elle répondait qu'elle n'avait besoin de rien. Il suffirait d'un gâteau. Avec soixante-quinze bougies ou avec sept bougies et demie, ou sans bougie du tout. Tante Céline était une personne modeste. Au fond d'elle-même, il y avait pourtant quelque chose dont tante Céline avait très envie. Elle n'osait pas en parler, parce qu'elle connaissait trop bien l'habitude qu'avaient ceux qui l'aimaient de vouloir son bien, donc de ne pas vouloir ce qui lui aurait fait plaisir.

Mais comme tout le monde insistait, qu'on voulait absolument savoir ce dont tante Céline avait envie, elle finit par céder.

– Ce qui me ferait plaisir, dit-elle, ce serait un chat qui me tiendrait compagnie.

A peine avait-elle dit ça, d'une toute

petite voix, qu'un véritable chœur de protestations s'éleva :

– Un chat, un chat ! disait la gouvernante Marie. Il fera des saletés partout. Vous n'avez pas besoin d'un chat, il ne vous donnerait que des ennuis.

– Un chat, quelle drôle d'idée ! s'écrièrent Clarisse, Clarine et Clara. Il griffera vos fauteuils, déchirera vos coussins et salira votre canapé. Vous n'avez pas besoin d'un chat, c'est beaucoup trop de soucis !

– Un chat, un chat ! prédisaient M. et Mme Petigrain. Il ira chasser les oiseaux dans notre jardin et il pissera sur nos salades. Vous n'avez pas besoin d'un chat, c'est une source sans fin de tracas.

Tout le monde était d'accord pour défendre à tante Céline de prendre un chat.

– Pour votre anniversaire, dirent Clarisse, Clarine et Clara, nous vous donnerons des aiguilles à tricoter neuves, de la jolie laine angora et un abonnement d'un an à *Madame Tricot*. Mais sûrement pas un chat.

– Pour votre anniversaire, dit la gouvernante Marie, je vous ferai un gâteau aux pommes, mais je ne vous laisserai sûrement pas faire entrer un chat dans la maison.

– Pour votre anniversaire, dirent M. et

Mme Petigrain, nous vous donnerons un grand saladier de fraises, mais nous ne laisserons sûrement pas un chat voyouter dans notre jardin.

Tante Céline ne disait rien, mais elle n'en pensait pas moins. Elle pensait que c'est une drôle de vie, la vie où les gens vous aiment tant qu'ils veulent absolument faire votre bonheur d'une façon qui ne vous donne absolument aucun bonheur.

. 2 .

uand tout le monde fut parti, après le dîner d'anniversaire de tante Céline, la vieille demoiselle se retrouva toute seule. Marie avait remis en ordre la maison puis était allée se coucher. L'héroïne de la fête était un peu triste malgré la coupe de champagne qu'elle avait bue comme tout le monde « à la santé de tante Céline ». Elle n'avait pas du tout envie de dormir. Elle se disait : « Pourquoi savent-ils mieux que moi-même ce qui me ferait plaisir et du bien ? ». Tante Céline pensait que même les plus gentils des gens sont souvent de drôles de gens.

Il était minuit. Céline avait de moins en

moins envie de dormir. Elle regardait le joli panier dans lequel ses nièces lui avaient offert des pelotes de laine de toutes les couleurs et de belles aiguilles à tricoter. Elle eut envie de les essayer, prit deux pelotes de laine verte et bleue et entreprit de tricoter un cardigan chiné pour une de ses petites-nièces.

En tricoti-tricotant elle soupiri-soupirait : « A qui ça ferait-il du mal que j'aie la compagnie d'un chat ? Il se frotterait contre mes mollets en faisant le gros dos. Il m'offrirait son menton pour que je le gratouille et ronronnerait de contentement. Il marcherait à côté de moi en tenant sa queue droite comme un drapeau. Il jouerait avec un bouchon au bout d'une ficelle et sauterait comme un kangourou. Il m'apporterait des souris et je pousserais des cris fâchés. Il serait mon ami et je serais sa maîtresse. Pourquoi ne veulent-ils pas me laisser avoir un chat ? »

Ainsi tante Céline ramoni-ramonait ses pensées en tricoti-tricotant. Lorsqu'il fut passé minuit elle somnoli-somnolait en tricoti-tricotant. Elle somnoli-somnolait si bien qu'elle finit par s'endormir tout à fait, mais ses mains, malgré le sommeil, continuaient à tricoter. Les aiguilles cliqueti-cliquetaient. Et pendant que ses aiguilles se croisi-croisaient, se dénoui-dénouaient, se claqui-claquaient, une maille en avant, deux mailles en arrière, Céline voyait un matou-minet serpenter entre ses jambes, ronronner contre ses chevilles, sauter sur ses genoux et chercher sa place dans le creux de sa jupe. Elle soupirait dans son rêve en disant : « Pourquoi veulent-ils tous mon bien en me privant d'un compagnon qui me ferait plaisir ? » Les aiguilles cliqueti-cliquetaient, la laine se dépeloti-dépelotait, les fils bleus et les fils verts se chini-chinaient, et Céline en dormant-rêvant tricotait vaillamment.

Soudain, une espèce de déchirure, de rugissure, de grinçure la réveilla en sursaut. Le bizarre bruit venait de ses genoux. Tante Céline ajusta ses lunettes qui avaient un peu glissé de son nez et regarda ce qui se passait. La laine qu'elle avait posée sur sa jupe miaulait. Elle se pencha un peu pour voir. Elle découvrit qu'elle avait tricoté un chat. Un très jeune chat avec de longues pattes dégingandées et un joli museau pointu.

« J'en avais trop envie », pensa-t-elle.

. 3 .

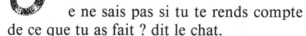

e ne sais pas si tu te rends compte de ce que tu as fait ? dit le chat.

« Il me tutoie ! pensa Céline. Nous nous connaissons à peine, et déjà il me tutoie ! »

Elle ne savait pas si elle devait être un peu vexée de cette familiarité ou si au contraire c'était une preuve de sympathie.

« Et moi, se demandait-elle, est-ce que je dois lui dire tu ou vous ? »

Elle décida que pour le moment elle tâcherait de n'employer ni le tu, ni le vous.

– Qu'est-ce que j'ai fait ? demanda-t-elle d'une petite voix.

– Tu m'as tricoté vert et bleu. Pour que je passe inaperçu, j'imagine ! Comme tous les chats, j'ai horreur de me faire remarquer. Avec ces couleurs extravagantes, les chiens et les souris m'auront vite repéré !

– C'est parce que mes nièces m'ont donné pour mon anniversaire des pelotes de laine verte et bleue.

– Que veux-tu que je te dise ? Quand on a seulement de la laine verte et bleue, on tricote n'importe quoi, un cardigan ou un sweater, une brassière ou une écharpe. Mais pas un chat ! De quoi j'ai l'air, bariolé comme ça ?

– Je ne l'ai pas fait exprès. Mes doigts tricotaient la laine et ma tête pensait chat. C'est venu sans que je m'en aperçoive.

Le cœur de Céline fut tout d'un coup rempli de chaleur et d'affection. « C'est mon chat, se disait-elle. C'est moi qui l'ai fait. C'est mon petit chatricot. Je l'aime déjà. »

– Quand on tricote, dit le chat, il faut avoir la tête à ce qu'on fait. Qu'est-ce que je vais devenir maintenant ?

– On pourrait dire que c'est une nouvelle race de chat, déclara Céline timidement.

– Une race de chat qui n'a qu'un seul échantillon, ce sera difficile à faire croire, dit le chatricot. Enfin, ce qui est fait est fait. Maintenant, je te conseillerais de me finir.

– De finir quoi ? demanda tante Céline.

– Tu vois bien que tu n'as pas terminé ma queue, dit le chat, d'un air un peu pincé.

– Il faut m'excuser, dit Céline. Je ne sais pas où j'ai la tête.

Céline se mit à tricoter vivement le point qu'on appelle torsade-et-tresse. En deux minutes, le chat se trouva prolongé d'une élégante queue bien fine et lisse, une queue verte et bleue comme le reste de sa fourrure de laine.

– Et maintenant, un coup de ciseaux et je me sentirai mieux ! dit le chat.

Céline coupa le fil de laine qui rattachait encore la tête aux aiguilles et aux pelotes de laine. Le chat sauta de ses genoux, s'installa à ses pieds et entreprit de faire sa toilette. Il se lécha soigneusement la poitrine et les flancs, les jarrets et le derrière, il se lécha les pattes et se débarbouilla avec, il se lissa le poil et se nettoya les griffes. Céline le regardait faire avec admiration, parce que c'était un très beau jeune chat avec de longues pattes et des moustaches fières malgré ses bizarres couleurs. Mais en même temps elle se sentait un peu coupable, parce que c'est déjà difficile dans la vie d'être un chat, toujours menacé d'être poursuivi par les chiens et écrasé par les voitures, toujours soupçonné (injustement) d'être voleur et hypocrite. Si par-dessus le marché on est un chat vert et bleu, ça risque de rendre la vie de chat un peu vie de chien.

Tante Céline soupira.

– J'espère que tu ne m'en veux pas, dit-elle.

Elle s'aperçut que le tutoiement lui était venu tout naturellement.

– Non, bien sûr ! dit le chat. Je sais au moins que j'ai été désiré ! Mais, maintenant, passons aux choses sérieuses. Il va falloir me donner un nom. Je ne veux pas qu'on m'appelle n'importe comment, Chat ou Minet, ou Minou, ou Pppiou-Tiou, ou Viens ici, ou Miaou, ou Va-t'en !

– Tu as raison, dit Céline. Quand j'étais petite (il y a bien longtemps) j'ai eu un chat tigré qui s'appelait Médor. Est-ce que c'est un nom qui te plaît ?

– Pas tellement, dit le chat. J'ai entendu parler d'un certain Médor, qui avait la réputation de casser les reins à tous les chats qui lui tombaient entre les dents.

– Dans ce cas, trouvons autre chose. Qu'est-ce que tu dirais de Verbleu ?

– J'aimerais mieux un nom qui ne souligne pas trop mon... ma... enfin ma particularité.

Après avoir fait le tour d'une dizaine de noms, notamment Hector, Chachiné, Jean-Louis, Angelo, Chamarré et même Bibi, ils tombèrent d'accord que Désiré Bienvenu était un nom simple, qui correspondait très bien aux circonstances de la naissance du nouveau venu, très désiré et si bien venu.

– Ce n'est pas tout ça, dit Désiré Bienvenu, mais j'ai une faim de chat. Qu'est-ce que tu peux me donner à manger comme repas de baptême ?

Il n'y avait pas grand-chose dans le réfrigérateur. Des restes, un petit pot de lait, un morceau d'aile de poulet, de la purée. Tante Céline coupa un peu de poulet en petits carrés, le mélangea à la purée et versa un peu de lait, coupé d'eau, au cas où Bienvenu digérerait mal le lait. Elle mit le plat à réchauffer sur le radiateur, pour que Désiré Bienvenu ne mange pas trop froid. Quand le déjeuner fut un peu réchauffé, il mangea de bon appétit.

– Je vais aller t'acheter de la litière, et un bac à litière. Mais il faudra cacher tout ça quelque part. Si Marie, mes nièces et les gens s'aperçoivent que j'ai un chat, j'en entendrai de toutes les couleurs. Tout le monde était contre l'idée que j'aie un chat.

– Moi, dit Désiré Bienvenu, je suis tout à fait pour l'idée d'avoir une maîtresse-amie. Mais si à toi ça te fait des ennuis d'avoir un chat, je peux très bien me débrouiller pour passer inaperçu. Tu n'as qu'à dire que tu as tricoté un coussin. Je ferai très bien le coussin. Tiens, j'entends Marie qui vient. Tu vas voir...

Désiré Bienvenu se mit en boule sur le canapé et ne bougea plus. Marie dit en le voyant :

– C'est nouveau, ça.

– Qu'est-ce que vous pensez du coussin que j'ai tricoté ? dit tante Céline.

– C'est original. C'est comme qui dirait un chat, mais un chat qui serait vert et bleu.

– Exactement, dit Céline.

Marie sortit de la pièce.

– Tu vois, dit Désiré Bienvenu, en tant que chat, je ne passe pas inaperçu. Mais comme coussin, c'est parfait.

– Comme ça, dit tante Céline, ils ne seront pas tous à m'embêter.

. 4 .

ès le premier jour, Céline trouva
très amusant d'avoir à la maison un passager
clandestin. Il fallait prendre beaucoup de
précautions pour ne pas attirer l'attention.
La vieille demoiselle ne pouvait pas demander à Marie de faire les courses pour Désiré
Bienvenu : la gouvernante aurait trouvé
bizarre qu'on lui demande d'acheter de la
litière, du foie de génisse, des croquettes de
bœuf ou une souris en peluche. Comme
Marie habitait près de la cathédrale, tante
Céline décida qu'elle profiterait de l'absence
de sa gouvernante pour faire ses achats. Elle
ne pouvait évidemment pas aller chez les
fournisseurs habituels. Si elle avait acheté

de la viande à chat chez M. Bideau, le boucher, ça lui aurait mis la puce à l'oreille. Si elle avait acheté la litière à chat au Bazar Guigue, M. Guigne se serait demandé ce qui se passait chez tante Céline et aurait sûrement posé des questions à Marie.

C'est pourquoi Céline décida d'aller faire les courses destinées à Désiré Bienvenu au grand supermarché Priba. C'était un peu plus loin, mais là on la connaissait moins et elle pouvait mieux passer inaperçue. Si elle rencontrait par hasard quelqu'un de connaissance, qui pourrait s'étonner de la voir acheter des articles pour chat, elle n'aurait qu'à dire qu'elle rendait service à sa voisine, Mme Trouvé, qui était souffrante. Même à Priba, elle prenait de grandes précautions. Elle achetait de tout petits sacs de litière, les croquettes pour chat par paquets d'une demi-livre, les boîtes de pâtée par une ou deux boîtes, et elle cachait tout ça dans un grand sac en plastique pour revenir chez elle.

A la maison, elle redoublait de malice et de ruse afin que Marie ne s'aperçoive de rien. Elle cachait les croquettes et les boîtes de pâtée dans un grand coffret à bijoux rangé dans son armoire. Elle avait vidé une boîte de margarine de tournesol de son contenu, elle y abritait la viande de Bienvenu, et dissimulait la boîte de plastique dans le fond du freezer de son réfrigérateur. Comme le bac à litière ne pouvait pas passer inaperçu, elle y installa au centre un pot de phlox en fleur, et prétexta qu'on lui avait conseillé, pour arroser commodément son phlox, de le poser sur le sable. Bienvenu avait proposé de lui-même d'aller le plus souvent faire ses besoins dans le jardin et, s'il était obligé de se servir du bac, d'effacer soigneusement les traces de son passage. Il avait tout de suite pris l'habitude, quand il entendait approcher Marie, ou quand on sonnait à la porte, de prendre sa posture de coussin.

Il n'y avait qu'un moment vraiment difficile, c'était quand Marie faisait le ménage avec l'aspirateur. Céline avait expliqué à Marie qu'il ne fallait toucher à ce coussin sous aucun prétexte. Il était tricoté en laine angora de Java, une laine très fragile, qui s'évapore quand on l'effleure et risque en quelques semaines de se dissoudre dans l'air si on y touche. Mais Désiré Bienvenu avait pourtant très peur que Marie le prenne pour le changer de place, et davantage encore de la voir passer l'aspirateur sur son corps comme elle faisait avec les coussins. Aussi, dès que Marie tournait le dos, il changeait prestement de place et reprenait sa position immobile de gentil coussin de laine. Les déplacements inexplicables de celui qu'elle appelait le « chacoussin » rendaient folle la pauvre Marie.

– Qui est-ce qui a bien pu changer de place le chacoussin ? Je suis sûre qu'il était sur le canapé quand je suis entrée pour faire mon ménage. Le voilà sur le fauteuil vert ! C'est à perdre la tête !

Désiré Bienvenu riait dans ses moustaches et Céline riait dans son mouchoir de batiste.

Toutes ces précautions et tous ces petits problèmes rendaient la vie de Céline avec Désiré Bienvenu un peu compliquée, mais beaucoup plus intéressante. Elle trouvait très amusant de jouer au plus malin avec tous ces gens si gentils mais si ennuyeux, qui voulaient faire son bien en l'empêchant de faire ce qu'elle trouvait bien.

– C'est tout de même agréable, disait-

elle, de faire de temps en temps des choses
défendues. Il y a au moins soixante ans que
je n'ai pas fait de bêtises ! Ça commençait à
me manquer !

— Sois tranquille, disait Désiré Bienvenu.
Nous allons rattraper ça !

. 5 .

e soir, après le dîner de Céline, quand Marie était allée se coucher dans la chambre tout au fond de l'appartement, Désiré Bienvenu sautait sur ses pattes, s'étirait comme un accordéon bleu et vert, faisait le serpent de mer avec son échine et bâillait à se décrocher la mâchoire pour aérer en courant d'air l'intérieur de sa fourrure. Céline sortait son dîner de ses cachettes, Désiré Bienvenu la suivait des yeux en ronronnant, puis mangeait d'un solide appétit. Quand il avait fini, il se léchait les babines, se lissait les moustaches, se grattait l'oreille droite avec la patte gauche et disait :

– Et maintenant, que fait-on ?

– On fait tout ce qui est défendu, répondait tante Céline.

Il y avait tellement de choses défendues que Céline ne savait plus qui les avait défendues, ni pourquoi. Par exemple, dans sa boîte à bijoux, elle avait des boucles d'oreilles et un collier en grenat, qu'elle n'avait jamais osé mettre parce qu'on lui avait appris à penser que la coquetterie est un vilain défaut et que tout ce qui est coquetterie est un péché.

– Essaie-les donc, lui conseillait Désiré Bienvenu. Va te regarder dans la glace. Cela te va très bien.

– C'est vrai, disait Céline, qui se trouvait très élégante avec ces jolis bijoux.

Céline avait ainsi dans ses armoires des trésors et des merveilles dont elle avait toujours pensé qu'il était défendu de les utiliser, sans savoir du tout à quoi ça rimait de les garder en ne s'en servant jamais. Il y avait un dessous-de-plat boîte à musique, qui jouait *Sur les marches du palais* quand on posait sur lui une assiette. Céline et Désiré Bienvenu décidèrent qu'on s'en servirait tous les soirs pour le dîner du chat.

– C'est bête, dit Céline, d'avoir dans ses

réserves des choses très amusantes dont on ne se sert jamais pour ne pas les user.

– C'est tout à fait homme, en effet. Les bêtes n'auraient jamais l'idée de ne pas se servir des bonnes choses sous prétexte de ne pas les user, approuvait Désiré Bienvenu.

Ils passèrent ainsi des soirées très animées. Il y avait dans l'armoire aux trésors un jeu d'échecs en ivoire de Borobadour. Céline et Désiré Bienvenu étudièrent, dans le mode d'emploi, les règles des échecs et se mirent à jouer. Désiré Bienvenu devint vite un assez bon joueur et il était vainqueur de Céline deux fois sur trois.

Il y avait également dans le grenier un jeu de badminton que Désiré Bienvenu descendit et, avant le coucher du soleil, la vieille demoiselle et le chat bleu et vert disputaient dans la cour une bonne partie. Ils s'amusaient beaucoup en se chamaillant un peu. Céline avait tendance à trouver que ses balles à elle étaient toujours bonnes et dans les limites, et celles de Bienvenu *out*. Ils se disputaient un peu, mais c'était pour rire.

Dans la penderie, Désiré Bienvenu découvrit une malle qui sentait un peu la naphtaline et où il y avait des robes anciennes, la vareuse et la casquette de

l'arrière-grand-père de Céline qui était vice-amiral au Tonkin en 1880, un kimono de soie avec des dragons jaunes crachant du feu rouge sur fond de ciel bleu et un uniforme de zouave. Désiré Bienvenu et Céline passèrent plusieurs joyeuses séances à se déguiser. Un soir l'amiral Bienvenu accueillait sur le pont du navire amiral *Le Redoutable* Céline en reine d'Angleterre, avec une robe en dentelle de soie blanche et une ombrelle. Un autre soir le zouave Désiré Bienvenu présenta les armes à l'impératrice du Japon venue visiter la France. Il y avait aussi dans la malle une robe espagnole noire avec des volants. Un peigne d'ivoire dans ses cheveux et sur ses épaules un châle de Salamanque, tante Céline ressemblait à une Andalouse. Désiré Bienvenu en pliant en deux un bonnet de fourrure russe en forme de toque de matador et en découpant un tee-shirt rouge en boléro se déguisa en torero, et la vieille demoiselle et lui jouèrent à la course de taureau. Avant de mettre à mort une chaise de cuisine transformée en taureau de combat, Désiré Bienvenu dédiait la bête à tante Céline, comme font les matadors qui offrent leur exploit à un spectateur de marque avant d'enfoncer leur épée dans la bête. Après la *corrida de toros,* Désiré Bienvenu donna une leçon de *fandango* à tante Céline. Ils s'amusèrent beaucoup tous les deux.

Comme ils passaient les soirées, très tard, à faire tout ce qui jusque-là était défendu, tante Céline se réveillait forcément plus tard. Marie trouvait ça un peu bizarre. Mais ce qui lui semblait encore plus bizarre, c'est que tante Céline avait de plus en plus l'air d'être de bonne humeur.

– C'est pas normal d'être si contente, grommelait la vieille gouvernante. Mademoiselle me cache quelque chose.

Mais elle n'arrivait pas à deviner ce qui se passait. Et toute la journée tante Céline souriait aux anges en pensant à la soirée avec Désiré Bienvenu où ils allaient faire tout ce qui est défendu, et qu'il est tellement amusant de faire.

. 6 .

près les malices habituelles :
avril où il ne faut pas se découvrir d'un fil, le
joli mois de mai où on est supposé faire ce
qui nous plaît mais où en réalité on grelotte
encore, le printemps était enfin venu. L'été
s'annonçait déjà et les soirées étaient
douces. Désiré Bienvenu avait descendu du
grenier une vieille lanterne magique qu'il
avait nettoyée et réparée, et il projetait pour
tante Céline les histoires peintes sur des
plaques de verre. Il y avait les aventures de
l'espiègle Lili qui faisait des niches à tout le
monde, et les mésaventures de Tom Brown
qui, à la fin, se terminaient toujours par une
fessée. Tante Céline s'amusait beaucoup

parce que ces histoires étaient celles de son enfance, il y a bien longtemps, mais personne ne les lui avait plus racontées depuis des dizaines d'années.

– Tu me rajeunis, disait-elle à Désiré Bienvenu.

– J'en suis bien content, répondait le chat bleu et vert.

Ils jouèrent à toutes sortes de jeux, au Monopoly, aux dames, au jeu de l'oie, au mah-jong, à la bataille navale. Désiré Bienvenu avait trouvé au grenier un vieux livre, le *Manuel du petit magicien* et l'étudia avec soin. Il apprit dans ce manuel à faire des tours de cartes. Il posait un chapeau melon sur la table, prenait un jeu de cartes. Il demandait à tante Céline de tirer une carte au hasard dans le paquet, de la regarder, de la remettre dans le paquet sans que Désiré Bienvenu puisse la voir. Il comptait jusqu'à trois : un, deux, trois ! et la carte qu'avait tirée tante Céline se trouvait dans le fond du chapeau melon. Tante Céline était émerveillée.

Un chapitre du *Manuel du petit magicien* intéressa particulièrement Désiré Bienvenu, celui qui expliquait le fonctionnement du tour intitulé « La femme invisible ». « Si vous suivez soigneusement les instructions concernant la fabrication du coffre magique, vous pourrez y introduire une dame, refermer le couvercle du coffre, compter jusqu'à trois, frapper le couvercle du coffre avec votre baguette magique et rouvrir le coffre. La personne préalablement introduite dans le coffre aura disparu, à l'émerveillement du public. »

Désiré Bienvenu travailla pendant trois nuits pour transformer la vieille malle du grenier en coffre magique. Le quatrième soir tante Céline et lui décidèrent d'essayer le tour. Quand la vieille demoiselle se fut introduite dans la malle, la naphtaline la fit éternuer. Il fallut aérer encore la malle un bon moment pour que Céline n'éternue plus.

– Tu imagines, dit Désiré Bienvenu, la femme invisible qui fait « Atchoum ! Atchoum ! » Ce ne serait pas sérieux !

Céline entra de nouveau dans la malle, le couvercle fut baissé, Désiré Bienvenu compta jusqu'à trois, et souleva le couvercle. Céline avait disparu, mais on entendit une petite voix un peu étouffée qui disait :

– Ce n'est pas drôle ! J'ai peut-être disparu pour toi, mais je suis dans le double fond de la malle et je ne m'amuse pas du tout !

Désiré Bienvenu fit sortir Céline du double fond qu'il avait fabriqué à l'intérieur de la vieille malle. Céline était très déçue :

– Ce que j'aurais voulu, moi, ç'aurait été de devenir vraiment invisible ! J'aurais fait des niches aux gens, je me serais servie de gâteaux sans payer à la pâtisserie du Mail, j'aurais défilé dans la Grande-Rue en parapluie qui aurait marché sans personne dessous, et j'aurais assisté invisible au thé chez mon amie Mme Arnaud pour écouter ce qu'on dit de moi quand je ne suis pas là. Tandis que ton tour de « La femme invisible », mon pauvre Désiré Bienvenu, c'est amusant à la rigueur pour un public, mais comme tu n'as pas de public, c'est seulement ennuyeux pour moi qui suis obligée de me faire toute petite dans le double fond de la malle.

Désiré Bienvenu avoua que ce n'était pas une idée tellement bonne. Pour consoler Céline, il lui proposa d'aller faire une promenade le soir après dîner.

– Mais que diront les gens quand ils ren-

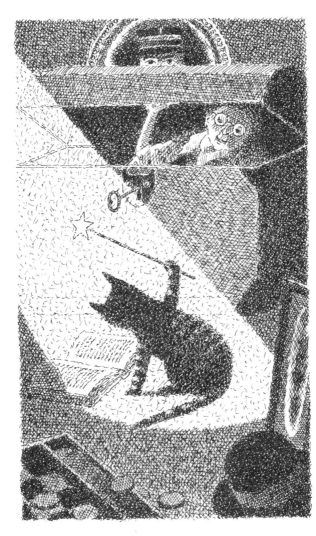

contreront à des heures peu raisonnables une vieille demoiselle accompagnée d'un chat vert et bleu ? demanda Céline.

– Ils ne diront rien du tout, répondit Désiré Bienvenu, parce que nous ne rencontrerons pas les gens !

– Et comment ferons-nous pour ne rencontrer personne ?

– C'est très simple : nous allons nous promener sur les toits.

– J'aurais trop peur ! dit Céline.

– Je te donnerai la patte, tu n'auras pas peur, et tu verras que c'est très amusant.

Ce qui fut dit fut fait. Ce soir-là, quand Marie s'en fut allée coucher, Désiré Bienvenu et Céline montèrent au grenier. Le chat malin ouvrit la fenêtre à tabatière, plaça une chaise au-dessous et il aida Céline à grimper sur le toit en lui donnant la main.

Céline poussait de petits cris d'effroi mais au fond d'elle-même elle était très contente.

ue c'est beau ! Que c'est beau !
— murmurait Céline.

Ce qu'on voyait du toit de la maison était
en effet très beau. Céline et Désiré Bienvenu
avaient au-dessus de leurs têtes un ciel
sombre et profond, de ce bleu qu'on a eu la
bonne idée d'appeler « bleu de nuit », parce
que, en effet, par un ciel sans nuages la nuit
est bleue, d'un bleu marine foncé. Ce ciel
était piqueté de milliers de ces étoiles qu'on
a eu également la bonne idée d'appeler
constellations, parce qu'elles constellent en
effet la nuit. Tante Céline, qui ne sortait
jamais seule le soir, et que Clarisse, Clarine
et Clara raccompagnaient très vite en voi-

ture quand elles l'invitaient à dîner, était heureuse de pouvoir regarder tranquillement le ciel.

– J'ai l'impression de respirer les étoiles, dit-elle à Désiré Bienvenu.

– C'est très joli, ce que tu dis là, observa le chat vert et bleu.

Céline eut un air modeste et réservé. Elle aimait bien qu'on lui fasse des compliments. En général ses nièces la grondaient plutôt, gentiment bien entendu, pour son bien, évidemment. Mais personne, sauf Désiré Bienvenu, ne pensait à faire attention aux jolies choses qu'elle disait.

Du toit de la maison on découvrait une grande partie de la ville, les lumières des rues, la tour de la Banque générale, le château illuminé par des projecteurs et, à l'emplacement de la place d'Armes, une auréole de lumière qui montait dans le ciel.

– Si tu me donnes la main, dit Désiré Bienvenu, on peut passer de toit en toit tout le long de la rue. Ce sera très amusant.

– J'avais peur d'avoir le vertige, mais j'ai le pied marin, dit Céline.

– Il vaudrait mieux dire le pied alpin, remarqua Désiré Bienvenu.

– Ce ne sont tout de même pas les Alpes,

dit Céline modestement. Nous dirons que j'ai le pied... le pied... (Elle se décida à inventer un mot.) ... le pied *toitain.*

Céline était si heureuse de pouvoir marcher sur les toits qu'elle fit deux pas de danse, deux pas qu'elle avait appris dans sa jeunesse quand elle prenait des leçons de danse avec une maîtresse de ballet.

– C'est gracieux, ce que tu fais là, dit Désiré Bienvenu.

– Ce sont des entrechats.

– Drôle de nom, dit le chat.

Céline eut peur d'avoir vexé Désiré Bienvenu.

– Ça ne veut pas dire qu'on entre dans un chat, expliqua-t-elle. C'est parce que les chats sont naturellement bons danseurs.

– Merci, dit Désiré Bienvenu en baissant les yeux modestement.

Céline découvrait qu'une des choses très amusantes quand on se promène sur les toits, c'est de regarder les gens vivant dans des chambres ou des appartements qui n'ont pas de persiennes ou qui ne sont pas fermées, parce qu'il fait beau. En marchant tout doucement et en prenant garde à ne pas se faire voir, on découvre des tas de choses. Il y avait par exemple à l'étage au-dessous un enfant plutôt très grand ou un jeune homme plutôt petit, qui était assis à une table et suçait son crayon Bic d'un air désespéré en répétant : « Sept fois huit quarante-trois... Sept fois huit quarante-trois... Ce n'est pas ça... Ce n'est pas ça... Et je ne peux pas terminer mon problème si je ne trouve pas le chiffre juste. » Il y avait en même temps sur les toits, par une fenêtre à tabatière, une jeune fille très petite ou une enfant très grande qui pleurait en disant : « Il m'avait promis de m'emmener danser quand il aurait fini son problème, il ne vient pas et je suis sûre que ses parents l'ont enfermé à clef. »

– Que peut-on faire ? demanda Céline à Désiré Bienvenu.

– Tu peux faire la fée, dit le chat vert et bleu.

– C'est une très bonne idée.

Céline descendit sans faire de bruit à l'étage du dessous pendant que Désiré Bienvenu lui donnait la patte. Elle apparut en souriant à la fenêtre du jeune garçon et dit d'une voix calme :

– Sept fois huit fait cinquante-six.

– C'est aimable à vous, dit le jeune

homme, parce que je n'arrivais pas à trouver le chiffre juste. Mais puis-je vous demander qui vous êtes ?

— Simplement une vieille fée qui passait par là.

— Une fée ? dit le jeune homme. Ça n'existe pas, les fées...

— La preuve que ça existe, c'est que je suis là, rétorqua Céline avec fermeté.

Le jeune homme sembla craindre de l'avoir blessée.

— Enfin, dit-il, ça n'existe que dans les contes.

— Mais où croyez-vous donc que nous sommes ?

— Dans un conte de Claude Roy, dit le jeune homme.

— Vous voyez bien. Et par conséquent, si je vous dis que je suis une fée, c'est que je suis une fée.

— Dans ce cas-là, vous pourriez peut-être m'aider. Je suis sûr que mes parents ont fermé à clef la porte de l'appartement, et maintenant que mon problème est terminé, je voudrais bien rejoindre la jeune fille que j'aime, si ça ne vous dérange pas.

— Ça me dérange d'autant moins, dit Céline, que toute ma vie ma famille m'a

empêchée de rejoindre les personnes que j'aimais.

– Mais puisque vous êtes fée, vous auriez pu les rejoindre quand même, fit observer le jeune homme, avec sagacité.

– Je ne suis devenue fée que tout récemment, dit Céline.

– Je vois, dit le jeune homme (qui en réalité ne voyait pas grand-chose).

– Si vous voulez bien me suivre, proposa Céline, je vais vous emmener rejoindre votre jeune amie.

Le jeune homme ferma son cahier et son livre de problèmes, se donna un coup de peigne et prit la main que lui tendait Céline par la fenêtre. Il fut un peu surpris en découvrant Désiré Bienvenu, mais dans la nuit on ne voyait pas très bien le vert et le bleu de son pelage.

– Je vous présente mon assistant, M. Désiré Bienvenu, dit Céline.

– Heureux de faire votre connaissance, dit le chat.

– Je m'appelle Jean-Jacques, dit le jeune homme, et mon amie s'appelle Jacqueline. Mais vous parlez très bien.

– Les chats qui sont assistants des fées

parlent très couramment, expliqua Désiré Bienvenu.

Le jeune homme était un peu distrait.

– Les fées et les chats qui parlent, ça n'existe que dans les contes, dit-il.

Mais il se souvint qu'on était justement dans un conte.

– Naturellement, dit-il. (Il ne voulait pas avoir l'air ignorant.) Les chats qui sont assistants des fées parlent toujours couramment.

Céline conduisit le jeune homme par la main jusqu'à la mansarde de Jacqueline et l'aida à entrer par la tabatière.

– Je te présente une amie fée, dit Jean-Jacques à Jacqueline.

Jacqueline était plus raisonnable que Jean-Jacques.

– Si madame est une fée, c'est que nous sommes dans un conte.

– Exactement, déclara Désiré Bienvenu. Un très joli conte.

– Joli, joli, ce n'est pas à nous de le proclamer, dit Jacqueline. Il faut être modeste. Mais puisque vous êtes une fée, vous me permettrez de vous demander un petit service.

– Si je peux le faire, très volontiers, dit Céline.

– Je dois aller à une surprise-partie avec Jean-Jacques. Vous vous souvenez, quand Cendrillon doit aller à une surboum, la fée transforme une citrouille en carrosse afin que Cendrillon se rende au bal. Je n'ai pas de citrouille, mais j'ai des pommes. Si vous pouviez transformer une de mes pommes en voiture, ça nous arrangerait bien.

Céline se trouva bien embarrassée, mais Désiré Bienvenu vint à son secours.

– Ma maîtresse la fée a laissé sa baguette magique à la maison. Mais si je peux me servir du téléphone, je vais vous appeler un taxi.

– Vous êtes bien aimable, dit Jacqueline.

– Le taxi sera là dans cinq minutes, dit Désiré Bienvenu en raccrochant.

Il chuchota à l'oreille de Céline :

– Donnez-lui un peu d'argent, qu'il puisse payer le taxi.

Céline ne se séparait jamais de son sac. A défaut de baguette magique, elle glissa cent francs dans la main du jeune homme.

– Pour le taxi, dit-elle à mi-voix.

– Vous êtes très gentille, dit Jean-Jacques.

Les deux jeunes gens quittèrent Céline et Désiré Bienvenu avec émotion. On promit de se revoir. En se retrouvant sur le toit, nos amis étaient de très bonne humeur.

– C'est une sensation bien agréable d'être fée, dit Céline. Il faudra que je fasse la fée plus souvent.

– D'accord, dit Désiré Bienvenu. Mais il faudrait trouver une vraie baguette magique.

. 8 .

a vieille Marie commençait à trouver que sa maîtresse était vraiment bizarre. Elle était devenue maniaque et se mettait en colère quand Marie voulait passer l'aspirateur sur le coussin vert et bleu qu'elle avait tricoté en forme de chat. Céline s'était mise à parler toute seule le jour et même la nuit. Elle allait se promener à des heures bizarres. Ce qui inquiétait le plus Marie, c'est que Céline avait un air qu'elle n'avait jamais eu, un air assez content et même, pensait Marie, un peu insolent. Un jour où Clarisse, Clarine et Clara étaient venues voir tante Céline et ne l'avaient pas trouvée au logis, parce qu'elle était partie acheter de la pâtée Mimi et des croquettes Croqui pour Désiré Bienvenu, Marie décrivit à ses nièces la conduite bizarre de tante Céline. Les nièces allèrent en parler au docteur Urbain, qui alla rendre visite à la vieille dame.

Il trouva en effet tante Céline tout à fait étrange. La vieille demoiselle était d'habitude très timide et très douce. Elle avait l'air maintenant audacieuse et presque insolente. Quand le docteur Urbain lui parlait, elle était d'ordinaire attentive et docile. Cette fois-ci, elle avait l'air de n'en penser pas moins et de prendre à la légère les recommandations du docteur. Il lui conseilla de sortir moins, de se reposer davantage et de prendre tous les soirs de la tisane des quatre fleurs, qui a un effet calmant.

– Mais je ne suis pas nerveuse, protesta tante Céline. Je suis seulement contente.

Le docteur Urbain hocha la tête. Depuis vingt ans qu'il soignait la vieille demoiselle il ne l'avait jamais vue dans cet état. Il trouvait très inquiétant qu'elle prétende être *contente,* elle qui avait l'habitude depuis toujours d'accepter sans protester tout ce qui la mécontentait. Elle avait toujours dit oui.

Maintenant elle disait souvent non. Le docteur lui fit faire « Ah » et tirer la langue, il l'ausculta, lui demanda de tousser et de compter jusqu'à dix. Quand il eut terminé il expliqua à tante Céline qu'il fallait lui faire des examens approfondis et il prit rendez-vous pour elle avec un service de l'hôpital Saint-Jean.

Le lendemain, pendant que tante Céline était sortie faire les commissions pour Désiré Bienvenu, le docteur Urbain passa comme par hasard et eut une conversation avec la vieille Marie.

Quand Céline revint, Désiré Bienvenu était très excité.

— Imagine ce que j'ai entendu, dit-il à Céline. Le docteur Urbain pense que tu es un peu dérangée. Il a prévenu Marie qu'on te garderait probablement à l'hôpital pour te soigner dans le service psychiatrique. Il a demandé à Marie de préparer une valise avec du linge et tes affaires, et de te la porter à l'hôpital. Il ne faut pas te laisser enfermer !

— Bien sûr. Mais comment faire ?

— Nous allons partir en voyage.

— J'en ai toujours eu envie. Mais, toute seule, je n'osais pas. Avec toi, ce sera dif-

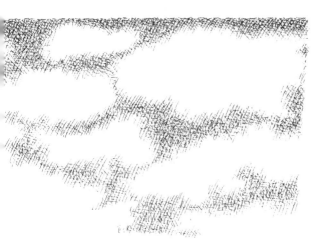

férent. Et où est-ce que nous allons aller ?

– Ça dépend de ce que tu as comme économies. Évidemment, si tu avais une vraie baguette magique, ce serait bien commode, mais il faut faire avec ce qu'on a – ou avec ce qu'on n'a pas.

Céline alla à la banque voir ce qu'elle avait dans sa tirelire. Comme cette histoire est un conte, elle découvrit qu'elle avait une jolie somme. Désiré Bienvenu suggéra :

– Si nous faisions le tour du monde ?

– C'est mon rêve depuis longtemps, dit tante Céline.

– Et moi, dit Désiré Bienvenu, je ne serai pas mécontent de me dérouiller un peu les jambes. A force de faire le coussin dans ta maison, je me sens quelquefois un peu raplapla. En route !

Le lendemain, tante Céline s'acheta un chapeau à fleurs pour le voyage. Un chat inhabituel, vert et bleu, et une vieille demoiselle prirent l'avion pour faire le tour du monde.

. 9 .

n an plus tard, le prix Nobel de la paix fut décerné à une vieille demoiselle française nommée Céline et à un chat vert et bleu du nom de Désiré Bienvenu. Ce n'était pas la première fois que le prix Nobel de la paix était partagé entre deux lauréats, mais c'était la première fois qu'il était partagé entre une personne et un chat. Un chat inhabituel vert et bleu, tricoté à la main, ce qui était encore plus rare.

L'attention du Comité du Prix Nobel de la Paix avait été attirée pour la première fois un an plus tôt par le rapport d'un de ses correspondants dans un pays voisin de la

France. Dans une rue de ce pays, deux cortèges de manifestants en étaient venus aux mains et s'assommaient mutuellement à coups de pancartes et de drapeaux, quand une étrange paire d'individus s'était interposée entre les combattants. Ceux-ci, saisis par l'allure bizarre d'une sorte de bête multicolore et d'une vieille demoiselle avec un chapeau à fleurs, avaient, de surprise, interrompu leur bataille.

– Pourquoi est-ce que vous cognez si fort les uns sur les autres ? avait demandé l'animal inhabituel.

– Parce que nous ne parlons pas la même langue, avaient répondu en chœur les manifestants.

– C'est bête, comme disent les hommes, remarqua la petite bête. Moi je dirais plutôt : c'est homme. Pourquoi vous battre quand il suffirait de dire : « Nous ne parlons pas la même langue, mais nous pouvons aussi bien nous entendre qu'une vieille demoiselle avec un chat vert et bleu. »

Les gens qui se battaient, estomaqués par le sage discours de ce chat inhabituel, arrêtèrent ce jour-là de se cogner dessus. Bien entendu, ils recommencèrent le lendemain. Mais, comme deux ou trois d'entre eux se disaient qu'après tout ce chat inhabituel avait peut-être raison, ils cognaient un tout petit peu moins fort. On pouvait peut-être espérer qu'un jour, probablement encore lointain, ils arrêteraient pour de bon de cogner les uns sur les autres.

Quelques semaines plus tard, le correspondant du Comité du Prix Nobel de la Paix dans un autre pays envoya un rapport sur l'intervention d'un couple inhabituel qui avait assisté par hasard à l'arrestation d'un jeune homme par des policiers en civil. On venait de faire monter le jeune homme dans une voiture noire, menottes aux mains. Une vieille demoiselle avec un chapeau à fleurs et un chat inhabituel de plusieurs couleurs, un chat vert et bleu qui n'avait pas la langue dans sa poche et qui parlait couramment plusieurs langues, comme on les parle dans les contes, demandèrent aux policiers :

– Ce jeune homme a sans doute tué ou volé, pour que vous l'emmeniez en prison les menottes aux mains ?

– Non, répondirent les policiers. Il a fait pire. Il a dit en public que le président s'est trompé quand il a dit que cinq et cinq font six.

– Il est pourtant vrai, dit la petite bête inhabituelle, que cinq et cinq ne font pas six mais dix. Est-ce que votre président ne serait pas un peu dur d'oreille ?

– C'est exact, dit le chef des policiers. Comment le savez-vous ?

– Une idée comme ça, dit le chat inhabituel. Et la vieille demoiselle qui était avec lui ajouta :

– Si j'étais vous, je laisserais tranquille ce jeune homme.

– Nous avons des ordres, dirent les policiers embarrassés.

– Mais quand les ordres sont bêtes et mauvais, est-ce qu'il faut leur obéir ?

Les policiers étaient très ennuyés. Ils emmenèrent pourtant le jeune homme en prison. Parce que nous avons beau être dans un conte, les ordres sont les ordres, et un policier est un policier. Mais tante Céline et Désiré Bienvenu écrivirent une lettre à tous les journaux du monde et le gouvernement fut bien embêté. Le président se résolut à la fin à donner l'ordre de relâcher le jeune homme. Il déclara à la télévision que c'était une erreur, que le jeune homme était un peu dur d'oreille et que lorsque le président avait dit que cinq et cinq font dix, il avait entendu cinq et cinq font six.

Une autre information arriva un peu plus tard au Comité du prix Nobel de la paix. C'était dans un pays encore un peu plus éloigné. Une vieille demoiselle avec un chapeau à fleurs et un chat inhabituel de plusieurs couleurs s'apprêtaient à tourner le coin de la rue de la Paix et à s'engager dans l'avenue de la Concorde quand les trottoirs du côté sud de l'avenue et les trottoirs du côté nord commencèrent à cracher des rafales de mitrailleuses et des obus de canon. La lutte était tout à fait égale, parce que dès que les combattants du côté nord avaient démoli à coups de canon un immeuble du côté sud, les combattants du côté sud démolissaient à coups de canon un immeuble du côté nord. Dès que les mitrailleuses du côté sud avaient tué un homme du trottoir nord, les mitrailleuses du trottoir nord tuaient un homme du trottoir sud.

La vieille demoiselle au chapeau à fleurs et le chat inhabituel de plusieurs couleurs se réfugièrent au carrefour sous une porte cochère et attendirent que ça se passe. Il y eut en effet une accalmie, et nos deux voyageurs virent un petit groupe de gens avec des casques blancs sur la tête qui s'engageaient dans l'avenue en portant un drapeau blanc. A leur tête il y avait un homme qui criait dans un porte-voix :

– Nous sommes la mission de réconciliation envoyée par l'Union des nations pour que vous ouvriez des pourparlers. Ne tirez pas !

Aussitôt, le trottoir sud et le trottoir nord ouvrirent un feu croisé et nourri sur les casques blancs qui s'écroulèrent morts, tachés de rouge.

Des habitants de la rue et des journalistes étrangers s'étaient réfugiés avec la vieille demoiselle et le chat inhabituel sous la porte cochère. Les photographes photographiaient les échanges de coups de canon et de rafales de mitrailleuses qui avaient repris au-dessus des cadavres des hommes en casques blancs, et les opérateurs de télévision les filmaient. Un journaliste de télévision demanda aux deux étrangers, la vieille demoiselle et le chat inhabituel, s'ils accepteraient de donner leur témoignage à la télévision en discutant avec un habitant de la rue. Ils furent d'accord. La conversation qu'ils eurent devant la caméra fut projetée dans le monde entier et eut un grand succès.

Céline : – Nous sommes étrangers ici. Pourriez-vous nous expliquer pourquoi le trottoir nord et le trottoir sud se tirent dessus les uns les autres ?

L'habitant de la rue : – C'est une question de religion.

Désiré Bienvenu : – Vous voulez dire que le trottoir sud et le trottoir nord n'ont pas la même religion ?

L'habitant de la rue : – Si, ils ont la même religion. Mais du côté nord on dit qu'il est permis de manger du nougat aux noisettes la veille de la fête de Saint-Sproum, alors que du côté sud on dit que seul le nougat aux noix est autorisé par les Sacrés Livres.

C'est là-dessus que le chat inhabituel avança une proposition ingénieuse en demandant :

– Est-ce que le côté nord et le côté sud ne pourraient pas se mettre d'accord en autorisant la veille de la fête de Saint-Sproum le nougat à base d'amandes pilées ?

L'idée du chat inhabituel eut un grand retentissement. Des pétitions circulèrent dans le monde entier, signées par des millions de personnes, demandant aux combat-

tants du trottoir nord et du trottoir sud de
se mettre d'accord pour autoriser la veille
de la Saint-Sproum le nougat à base
d'amandes pilées.

Les chefs religieux du trottoir nord
tinrent un conciliabule. Après plusieurs
jours de discussion, ils publièrent une bulle
confirmant l'interprétation des Sacrés
Livres, qui avaient autorisé la veille de la
Saint-Sproum le nougat aux noisettes. Les
chefs du trottoir sud se réunirent dans un
autoclave. Après plusieurs jours de discussion, ils publièrent une bulle déclarant
que d'après les Sacrés Livres seul le nougat
aux noix était autorisé la veille de la Saint-
Sproum.

Le conciliabule et l'autoclave étaient d'accord sur un point seulement : la proposition
du chat inhabituel étranger (qui s'était mêlé
de ce qui ne le regardait pas) d'autoriser la
veille de la Saint-Sproum le nougat aux
amandes était une idée contraire à la Loi
des Sacrés Livres et son auteur était un
esprit malicieux, irresponsable et hérétique.

Là-dessus, le trottoir sud et le trottoir
nord continuèrent à se canonner et se
mitrailler. Quand il ne resta plus une maison debout sur aucun des deux trottoirs, les

combattants se déplacèrent de l'avenue de la Concorde à la rue de la Paix voisine, et entreprirent de démolir patiemment le trottoir sud et le trottoir nord de la rue, et de tuer le plus possible de combattants et d'habitants.

Mais, dans la tête de quelques survivants, l'idée que la veille de la Saint-Sproum on pourrait donner la permission de manger du nougat aux amandes faisait lentement son chemin.

– On pouvait espérer que la proposition de Désiré Bienvenu d'autoriser le nougat aux amandes la veille de la Saint-Sproum permettrait un jour de mettre fin à la guerre des trottoirs nord contre les trottoirs sud, qui avait fait jusqu'à présent 1 243 747 victimes.

Tante Céline et Désiré Bienvenu commencèrent à être connus dans le monde entier. Ils étaient tellement connus que certains pays leur interdirent l'entrée de leur territoire. C'étaient des pays où le gouvernement avait pris tranquillement l'habitude de mettre en prison ou d'envoyer travailler au bagne les citoyens qui ne plaisaient pas aux autorités parce qu'ils professaient des opinions insolentes, avaient les cheveux roux, ou préféraient les pommes cuites aux pommes crues. Ou bien des pays où le gouvernement envahissait le pays d'à côté en expliquant que c'était pour lui porter secours parce qu'il était menacé par un complot des végétariens, ou des amateurs de réglisse, qui avaient cherché clandestinement à s'emparer du pouvoir.

Dans d'autres pays, tante Céline et Désiré Bienvenu furent empêchés d'entrer parce que le gouvernement avait envoyé ses avions répandre des gaz asphyxiants sur les régions habitées par des citoyens qui préféraient parler leur patois plutôt que la langue nationale. Ou bien c'étaient des nations où les généraux avaient décidé que seules les personnes en uniforme seraient autorisées à être président ou ministres. Dans ces pays les personnes en uniforme avaient le droit et le devoir d'enfermer les gens à mine insolente ou distraite et de leur faire autant de mal qu'il était nécessaire pour les obliger à déclarer qu'ils se proclamaient coupables d'insolence et de distraction. Ils méritaient donc d'être envoyés travailler les champs de betteraves des glaces dans l'Extrême Nord ou d'être jetés à la mer d'un hélicoptère, avec un poids de fonte aux pieds, afin de leur couper définitivement la parole.

Il y avait de moins en moins de pays où tante Céline et Désiré Bienvenu pouvaient voyager. Après s'être vu interdire l'entrée dans une douzaine de pays où il se passait des choses que le gouvernement préférait cacher au célèbre chat inhabituel de plusieurs couleurs et à sa complice, la vieille demoiselle au chapeau à fleurs, tante Céline et Désiré Bienvenu arrivèrent dans une île, avec de grandes plages bordées de cocotiers et de petites maisons avec des toits de paille très jolis.

Nos deux voyageurs pensèrent que c'était enfin un pays où il devait faire bon vivre.

Ils arrivèrent pendant une campagne électorale. Les élections devaient avoir lieu trois jours plus tard. Papa Baba Diou était président de la République depuis quarante ans, mais un de ses adversaires politiques, Nomo Dia, avait cette fois-ci des chances sérieuses d'être élu. Les gens étaient en effet très mécontents de Papa Baba Diou. Ils étaient très pauvres et de plus en plus pauvres. La garde du président arrêtait et mettait en prison tous ceux qui osaient dire qu'ils étaient mécontents, et on ne les revoyait qu'après des années de prison, ou bien jamais. Mais cette fois-ci on allait tout changer. Nomo Dia serait sûrement vainqueur.

Le matin des élections, des queues de plusieurs milliers de pauvres gens attendaient devant les bureaux de vote. Tante Céline et Désiré Bienvenu étaient à la fenêtre de leur hôtel et regardaient les gens qui attendaient sagement sur la place quand une automitrailleuse déboucha de l'avenue Papa-Baba-Diou et commença à tirer sur la foule qui s'éparpilla, terrorisée, en laissant une dizaine de corps étendus dans leur sang. Une voiture haut-parleur pénétra à son tour sur la place. Elle annonçait l'arrestation, sur l'ordre du président Père de la République, de Nomo Dia, coupable de fraude électorale et de complot contre la sûreté de la République. Les élections étaient annulées et remises à plus tard. Le couvre-feu fut décrété. On disait qu'il y avait eu dans la journée plus d'un millier de morts. Le président fit un discours à la radio. Il disait que grâce à sa vigilance paternelle un complot qui visait à renverser la République et à supprimer la démocratie avait été déjoué et

qu'il continuerait à veiller sur le bonheur et la paix de l'île.

Désiré Bienvenu et tante Céline furent très découragés. Ils avaient trouvé un peu partout des pays où les gens se tuaient, où les gouvernements essayaient de faire de leur mieux le malheur des citoyens, où la bêtise et la méchanceté s'étalaient tranquillement. Et dans cette île avec ses belles plages et ses cocotiers dont les palmes s'inclinaient dans la brise, il y avait derrière les apparences heureuses des gens très malheureux. Les deux voyageurs décidèrent de rentrer chez eux, où certainement tout n'était pas parfait, loin de là, mais où, tout de même, la vie était plus supportable (peut-être pas pour longtemps).

C'est à la fin de leur voyage que se réunit le Comité du Prix Nobel de la Paix et c'est pendant leur retour qu'on annonça que le prix avait été décerné à l'unanimité à tante Céline et Désiré Bienvenu.

Pendant la conférence de presse qui suivit leur débarquement, Désiré Bienvenu lut une déclaration commune devant une forêt de micros.

– Nous sommes très honorés par le choix du Comité du Prix Nobel de la Paix, disait cette déclaration, et nous le remercions. Mais, sans fausse modestie, il nous semble n'avoir pas mérité cet honneur. Après notre passage dans les pays que nous avons traversés, nous ne pouvons assurer qu'aucun innocent n'est plus en prison, que les habitants des trottoirs sud et nord ne s'entretuent plus, que les gouvernements élus par les citoyens ne sont plus renversés par des coups d'État militaires, qu'on ne répand plus de gaz asphyxiants sur les populations et que, même dans notre pays, personne n'essaie de rendre malheureux des gens à cause de leur religion, de leurs opinions ou de la couleur de leur peau. Aussi décidons-nous de faire don de l'argent du prix aux victimes des persécutions, des guerres et des injustices.

La foule des journalistes et des spectateurs applaudit très fort tante Céline et Désiré Bienvenu.

Les journaux du soir et du lendemain matin firent remarquer qu'il était jusque-là tout à fait inhabituel qu'un chat, même un chat inhabituel et de plusieurs couleurs, reçoive le prix Nobel de la paix. La modestie et la générosité des deux lauréats furent louées dans le monde entier.

. 10 .

L a vieille Marie, les nièces de tante Céline, Clarisse, Clarine et Clara, leurs maris et les petites-nièces, ses voisins Petigrain et les habitants de la rue, du quartier, de la ville, le bon docteur Urbain, tout le monde était content et fier d'accueillir à leur retour les deux voyageurs lauréats du prix Nobel de la paix.

Tante Céline disait modestement à Désiré Bienvenu :

– Je ne suis pas sûre du tout que nous ayons fait faire beaucoup de progrès à la paix dans le monde. Nous avons pourtant essayé. Mais il y a une chose qui est certaine : c'est que maintenant la famille et les

gens vont nous ficher la paix. (Il arrivait à tante Céline, on le voit, de parler assez mal. Si on veut être correct on ne dit pas : « nous ficher la paix », mais « nous laisser en paix ». Personne n'est parfait. Et même un prix Nobel de la paix peut quelquefois parler assez mal.)

Les jeunes gens que tante Céline et Désiré Bienvenu avaient rencontrés la nuit où ils se promenaient sur les toits vinrent les voir.

– Je me doutais bien que vous n'étiez pas une vraie fée, dit Jean-Jacques à tante Céline.

– Mais être lauréat du prix Nobel de la paix, ce n'est pas mal non plus, dit Jacqueline.

– De toute façon, ajouta Jean-Jacques, Désiré Bienvenu parle pour de vrai, et un chat qui parle et qui a le prix Nobel de la paix, ça ne court pas les rues !

Désiré Bienvenu baissait modestement les yeux.

Plus personne maintenant ne voulait faire le bonheur de tante Céline malgré elle. On ne décidait plus pour elle ce qui était bon et ce qui était mauvais, ce qui lui faisait plaisir et ne lui faisait pas plaisir. Elle n'avait même plus envie de faire tout ce qui est défendu, puisque personne ne lui défendait plus rien.

Mais elle avait perdu l'habitude de dire toujours oui à tout. Il y avait beaucoup de choses maintenant auxquelles elle dirait non très fort.

Céline et Désiré Bienvenu étaient heureux et tranquilles, mais ils pensaient souvent à tous ceux qu'ils avaient vus dans le monde, qui n'étaient ni tranquilles ni heureux. Ceux à qui ils avaient envoyé de la nourriture pendant la famine, des médicaments pendant les épidémies, ceux qu'ils avaient fait sortir de prison, ceux qu'ils avaient aidé de toutes les façons disaient :

– Tante Céline est vraiment une bonne fée et Désiré Bienvenu est un chat inhabituel mais un très brave garçon.

Jean-Jacques disait à tante Céline :

– Tous ces gens pour qui vous êtes une bonne fée, ça prouve qu'il n'y a pas besoin d'être une vraie fée pour être quand même un peu fée.

Sur la grand-place de la petite ville, pour les cent ans de tante Céline et l'anniversaire de Désiré Bienvenu on inaugura en leur présence une statue qui représentait une vieille demoiselle coiffée d'un chapeau à fleurs et

un chat inhabituel, avec cette inscription :
« A tante Céline et à Désiré Bienvenu, leurs
amis reconnaissants. »

Ce que prouve ce conte, c'est qu'il vaut
mieux laisser les gens faire ce qui leur fait
plaisir plutôt que de faire ce qu'on a décidé
pour eux qu'ils devaient faire. Et aussi qu'il
est parfois très utile et bienfaisant de tricoter par distraction un chat, quand ce chat
est Désiré Bienvenu, un chat inhabituel
mais un très brave garçon.

folio junior

La première collection de poche
illustrée pour la jeunesse
Plus de 500 titres disponibles

Buzzati, Dino
La fameuse invasion de la Sicile par les ours
Le chien qui a vu Dieu

Cameron, Ian
Le cimetière des cachalots

Campbell, Reginald
Sa Majesté le tigre

Camus, William
Les oiseaux de feu
et autres contes peaux-rouges

Capote, Truman
L'invité du jour

Carré, Gérard
La troisième guerre mondiale n'aura pas lieu

Carroll, Lewis
Alice au pays des merveilles
De l'autre côté du miroir

Causse, Rolande
Rouge Braise

Cendrars, Blaise
Petits contes nègres pour les enfants des blancs

Chaillou, Michel
La vindicte du sourd

Cole, Gerald
La petite amie de Grégory

Collodi, Carlo
Pinocchio

Colum, Padraïc
Le fils du roi d'Irlande

Cooper, James Fenimore
Le dernier des mohicans

Coué, Jean
Kopoli, le renne guide
L'homme de la rivière Kwaï

Crompton, Richmal
William
L'insupportable William

Dahl, Roald
Charlie et la chocolaterie
Charlie et le grand ascenseur de verre
Escadrille 80
James et la grosse pêche
L'enfant qui parlait aux animaux *et autres nouvelles*
La potion magique de Georges Bouillon
Le Bon Gros Géant
Le cygne *suivi de*
La merveilleuse histoire de Henry Sugar
Les deux gredins
Moi, Boy
Sacrées sorcières

Daudet, Alphonse
La dernière classe
et autres contes du lundi
Le petit Chose
Lettres de mon moulin
Tartarin de Tarascon

Desai, Anita
Un village près de la mer

Dhôtel, André
Le pays où l'on n'arrive jamais

Sand, George
Histoire du véritable
Gribouille

Saussure, Éric de
Les oiseaux d'Irlenuit

Scott, Walter
Ivanhoé / I
Ivanhoé / II

Ségur, comtesse de
François le bossu
Jean qui grogne et Jean qui
rit
L'auberge de l'Ange Gardien
Le général Dourakine
Le mauvais génie
Les bons enfants
Les deux nigauds
Les malheurs de Sophie
Les petites filles modèles
Les vacances
Mémoires d'un âne
Nouveaux contes de fées
Un bon petit diable

Sempé, Jean-Jacques
Marcellin Caillou

Sempé / Goscinny
Joachim a des ennuis
Le petit Nicolas et les copains
Les récrés du petit Nicolas
Les vacances du petit Nicolas

Séverin, Jean
Le soleil d'Olympie

Shahar, David
Riki, un enfant à Jérusalem

Shelley, Mary
Frankenstein

Solet, Bertrand
Les révoltés de
Saint-Domingue

Stahl, P.J.
Les aventures de Tom Pouce

Steig, William
Dominic
L'île d'Abel
Le vrai voleur

Steinbeck, John
Le poney rouge

Stevenson, Robert Louis
L'étrange cas du Dr Jekyll et
de M. Hyde
L'île au trésor
Le diable dans la bouteille

Sue, Eugène
Kernok le pirate

Swift, Jonathan
Voyage à Lilliput

Tanase, Virgil
Le bal sur la goélette du
pirate aveugle

Thompson, Kay
Éloïse

Thurber, James
La dernière fleur

Tolkien, J.R.R.
Le Seigneur des Anneaux
Livre I
Livre II
Livre III
Livre IV
Livre V
Livre VI

Achevé d'imprimer
le 3 Janvier 1989
sur les presses de
l'Imprimerie Hérissey
à Évreux (Eure)

N° d'imprimeur : 45685
Dépôt légal : Janvier 1989
ISBN 2-07-033500-3

Imprimé en France

44978